그래도
사랑을

그래도
사랑을

정은숙 소설

— 장보송 그림

창비

차 례

그래도 사랑을

주홍빛 노을이 하늘을 곱게 물들였다. 몇 방울 물을 머금은 붉은 수채화 물감같이 은은하게 퍼지는 노을을 보고 있으면 언제나 아련한 감정이 들었다. 오래된 기억 속 흐릿해진 얼굴이 떠오를 듯 말 듯 마음을 애태우는 것처럼, 남몰래 감춰 둔 일기장 속 눈물 자국에 번진 글씨를 보는 것처럼.

열일곱 살이면 사춘기도 졸업할 나이건만 고작 노을빛에 마음이 일렁이다니. 누군가 코웃음 친다면 엄마 핑계를 대고 싶다. 엄마 역시 석양 무렵의 하늘을 좋아했다.

"노을을 보고 있으면 마음이 편안해져. 이제껏 잘 살아왔다고, 더 이상 아프지 말라고 바르는 소독약 같아."

소독약이라니, 누가 간호사 아니랄까 봐. 달달한 감상 따위는 쥐어짜 버린 표현이다. 쯧쯧 혀를 차고 싶지만 씩씩하게 가장 노릇을 하는 엄마에게는

잘 어울리는 표현이기도 했다. 엄마 생각
에 울컥해지면 어른이 된 거라고 하던
데……. 나도 어른이 되려는 건가.
노을 지는 하늘을 올려다보는 동
안 눈가가 시큰거렸다. 길에
서 이러면 큰일이다.
눈을 부릅뜨고 애써
시선을 돌렸다.

지구 회복 운동에 다 같이 동참합시다.

사거리 자치 회관 옆 기둥에 걸린 빛바랜 현수
막이 봄바람에 펄럭였다. 2030년 유엔이 기후 재앙
에 대처하기 위해 전 지구적 환경 보호 캠페인을
시작한 이후 십이 년째 보고 있는 구호다. 지긋지

굿해도 무시할 수 없는 말이다. 전문가들조차 회생 불가능이라 판단했던 지구가 이렇게나마 살 만한 수준으로 변한 이유도 따지고 보면 지구 회복 운동 덕분이니까.

"오도, 뭘 그렇게 쳐다보나?"

능글맞은 말투와 익숙한 목소리, 준서였다. 애초에 나를 '오도'라 부르는 녀석은 준서밖에 없다. 뭔가 골똘히 생각할 때면 고개가 5도쯤 기울어진다나. 준서는 나도 모르는 니의 습관을 잘 알고 있다. 부끄러우면 인중에 땀이 차오르는 것도, 의기소침해지면 작게 한숨을 쉬는 것도, 난처할 때면 입바람으로 앞머리를 날리는 것까지. 사소하고 하찮은 나의 모습을 아는 준서……. 나는 그런 준서의 마음이 버겁고 무섭다. 5도쯤 고개를 돌려 외면해 버리고 싶을 만큼.

"너도 신비 작가 전시 궁금하구나."

몰랐는데 자치 회관 벽에 전시회를 홍보하는 커다란 포스터가 붙어 있었다.

2042년 신비 작가의 화려한 컴백!

미술에 문외한인 내가 알 정도로 유명한 화가였다. 신비 작가는 20세기 말의 암울한 감성을 그린 작품으로 세계적인 미술 공모전에 당선되면서 이름을 알리기 시작했다. 폐허가 된 지구와 종말을 앞둔 세계를 그린 화풍이 신비롭고 몽환적이라는 평과 함께 많은 이들의 열광을 받았다. 그는 본명 대신 팬들이 붙여 준 애칭, 신비 작가로 불렸다. 화풍만 아니라 사생활 노출을 꺼리는 그의 취향도 반영된 별명이었다. 평범한 사람은 넘볼 수 없는 가

격인데도 전시회마다 그림은 완판됐고 팬심을 고백한 유명인들도 셀 수 없이 많았다. 실력과 인기를 다 가진 그의 인생은 영원히 꽃길뿐일 것 같았다. 하지만 꽃길뿐인 인생이 어디 있을까. 그 역시 어느 순간 몰락의 길로 들어섰다.

모든 비극적 운명의 서사가 그러하듯 몰락의 계기는 느닷없이 찾아왔다. 먼 대륙에서 발생한 초대형 산불이 계기가 되리라 예상한 사람은 아무도 없었다. 그 산불은 많은 학자들이 기상 이변의 징후로 여긴 대표적 사건이었다. 수백 명의 사망자와 수천만 명의 이재민을 만든 산불은 참혹하기 그지없었다. 재난 영화 속의 한 장면처럼 검은 잿더미만 남은 산불 현장 사진이 인터넷 뉴스에 실렸을 때 기사 아래로 댓글 하나가 달렸다.

└ 와, 이게 사진이라고? 신비 작가 그림인 줄.

활자임에도 출렁거림이 느껴지는 댓글에서 신비 작가를 향한 악의는 찾아볼 수 없었다. 그러게, 진짜네, 나만 그렇게 느낀 줄, 신비 신작 아냐?…… 이어진 댓글들 역시 아무런 악의가 없었을 테다. 이후 지구 곳곳에서 발생한 가뭄, 폭염, 홍수, 태풍, 폭설에 관한 뉴스 사진 아래로 비슷한 댓글들이 달리기 시작했다. 신비 스타일이다, 그림이 스포일러였네, 같은. 심지어 종교 분쟁으로 인한 테러 사진에도 신비 작가의 그림이 언급됐다. 온갖 사건 사고를 신비 작가와 연결하는 것이 유행처럼 번졌다.

평론가들은 물론 대중들에게도 미학적 신비로움이라 칭송받던 그림은 어느새 지나치게 사실적이라는 이유로 비난과 조롱의 대상이 되었다. 화살은 결국 작가에게까지 향했다. 대중들은 얼마나 어둡고 음침한 사람이면 이런 그림을 그릴 수 있냐며 떠들어 댔다. 끔찍한 인격 모독을 마냥 견딜 수 있는 사람이 어디 있을까.

개인적으로 슬펐고 지구적으로 아팠습니다. 그럼에도 슬픔과 아픔을 그러안고 작품 활동을 하려 합니다. 독려나 응원만을 바란 건 아니었지만 쓴소리를 받아들일 그릇도 안 되었나 봅니다. 이제 번잡한 세상을 떠나 저만의 작은 골방으로 물러나려 합니다. 앞으로 저의 모든 작품은 사후에 공개할 예정입니다. 미리 작별 인사를 드립니다. 모두 평안하시길……

짧은 입장문을 내보낸 후 신비 작가는 십 년이 훌쩍 넘는 세월 동안 증발한 것처럼 자취를 감췄다. 그 어떤 방송, 영상 매체는 물론이고 SNS에서조차 신비 작가의 흔적을 찾을 수 없었다. 원래도 비밀에 싸인 작가였지만 흔한 목격담조차 하나 없어 외계인 납치설까지 돌기도 했다. 그랬던 신비 작가가 화려하게 다시 등장했다. 그의 뜻대로 사망 후에.

"뉴스에서 들었는데 미공개 작품 수도 어마어마하대. 오도, 같이 갈래?"

준서가 웃었다. 웃을 때 준서의 입은 육 센티미터쯤 벌어지고 이는 여덟 개쯤 보인다. 하얀 페인트칠을 한 나무 펜스처럼 단정하고 고른 이. 외롭고 불안한 마음의 울타리가 돼 줄 것 같은 준서의 웃음. 그래서 준서의 마음을 거절하는 건 참 힘들다.

"꽃가루 채집 시기에 무지 바쁜 거 알면서 그런

소릴 하냐!"

"전시는 다음 달까지인데 핑계는!"

준서가 오리주둥이처럼 입술을 내밀고 투덜거렸다. 무안할 때마다 준서는 이렇게 장난스러운 표정을 지었다. 입바람으로 앞머리를 날리다 준서와 눈이 마주쳤다. 장난기를 걷어 낸 준서의 눈빛은 맑고 깊었다.

준서는 학교 아이들이 다 알 정도로 유명한 '사랑주의자'였다. 사랑 없이 어떻게 인생을 살아갈 수 있냐고, 사람 사이에 마음을 나누는 것만큼 소중한 일이 또 어디 있냐고 말했다. 아니, 주장했다.

"내일 지구의 종말이 오는데 왜 사과나무를 심냐고. 그 시간에 데이트를 해야지. 안 그래?"

"백지장도 맞들면 낫다잖아. 뭐가 됐든 혼자 하지 말고 커플로 하란 뜻이지."

"서당 개도 삼 년이면 글을 읽는다는데 십칠 년을 산 사람이 사랑 없이 어떻게 살라고. 이 몸은 '안티 러브 칩'에 결사반대한다!"

하얀 두루마리 휴지를 이마에 두른 준서의 선창에 아이들 몇은 시위대처럼 팔까지 들어 올리며 따라 했다. 반대한다, 반대한다! 표정만큼은 사뭇 비장했다.

시도 때도 없는 준서의 사랑 타령은 급식 후 받는 요구르트 같은 거였다. 있어도 그만, 없으면 서운한 정도의. 하여튼 못 말려, 아이들도 그냥 준서의 넉살과 유머를 즐겼지만 지혜만은 유독 뾰족하게 반응했다.

"듣자 하니 준서네 집 형편도 그냥 그렇다던데 쟤는 무슨 배짱으로 저러나 몰라."

지혜는 이미 '안티 러브 칩' 이식에 서명했다.

마음을 돌릴 수 있는 유보 기간이 남아 있는 상태지만 지혜의 신념은 확고했다. 사랑이라는 헛된 감정 없이 자신의 앞날을 더 충실하게 싣고 싶다면서. 안티 러브 칩을 이식하면 생활 환경 부담금 감면은 물론 입시, 취업, 승진, 대출, 주택 구입 등에서 혜택이 컸다. 지혜는 타인에 대한 사랑을 포기한 것이 아니라 자신에 대한 사랑을 선택한 거라고 분명히 말했다. 나는 지혜의 그런 확신이 부러웠다.

　칩 이식은 엄청난 혜택을 안겨 주지만 몇 가지 조건 때문에 함부로 선택할 수도 없었다. 안티 러브 칩은 전기 자극을 통해 사랑의 감정을 고통으로 인식하게 만든다. 칩을 이식하기 위해서는 큰 수술을 받아야 하고, 이식 후에는 사실상 되돌리는 것이 어려웠다. 물론 칩을 빼내는 것이 불가능하지는 않지만 수술비가 감당하기 힘들 정도로 어마어마

했다. 그렇다 보니 어둠의 경로를 통한 불법 수술
도 유행했고 무자격자에게 수술을 받다 사망한 사
건도 심심치 않게 뉴스를 장식했다. 무엇보다 안
티 러브 칩은 육 개월의 짧은 임상 시험 후 출시됐
기에 인체 안전성 확보가 미흡하단 의견이 많았다.
칩 이식 후 두통이나 구토, 소화 불량, 피부 질환 등
의 부작용을 호소하는 이들이 끊임없이 늘어났다.
하지만 대부분의 사람들은 부작용을 알면서도 경
제적 이익을 안겨 주는 칩 이식을 선택했다.

"넌 어떡할 거야? 마음 정했어?"

휴, 한숨부터 나왔다. 내 형편도 지혜 못지않았
다. 엄마의 벌이로 막대한 세금을 내며 살긴 빠듯
했다. 취업에 유리한 직업 학교를 선택한 것도 그
런 이유에서였다. 당연히 안티 러브 칩을 이식하는
게 맞지만…… 자꾸 망설여지는 것도 사실이었다.

내 대답을 기다리던 지혜가 혼잣말처럼 중얼거렸다.

"결론은 뻔한데 미적거리는 이유를 알 수가 없네."

얼굴이 화끈했다. 어쩌면 지혜 말처럼 결론은 뻔한데…….

*

준서와 헤어지고 돌아온 집은 썰렁했다. 엄마는 오늘 밤 근무였다. 혼자 있는 시간이 버거워 텔레비전을 켰는데 「큐피드의 화살」이 방송 중이었다. 「큐피드의 화살」뿐만 아니라 타 방송국에서 하는 「시라노 연애 사업부」 「러브 스토리」 같은 연애 관련 프로그램은 매번 높은 시청률을 기록했다. 세상은 안티 러브 칩 이식을 권하는데 텔레비전을 틀면 온통 연애 프로그램뿐이었다. 돈과 시간이 들지 않는, 오로지 눈으로만 하는 '아이 러브'에 대한 수요가 있기 때문인 듯했다.

"보다 보면 짜증 난다니까. 저 정도는 돼야 연애를 할 수 있구나 싶어서 자괴감만 들고."

지혜 말처럼 잘난 사람들이 출연해 자기 자랑을 하는 장면이 계속 나왔다. 보고 있으려니 기분이 나빠 리모컨을 집어 들었다.

"남자 3호님, 저희 브런치 카페로 가는 거죠?"

오호, 그 유명한 남자 3호라고? 「큐피드의 화살」은 커플이 되기 전까지 이름을 감추고 만나는 콘셉트였는데 남자 3호는 워낙 화제의 인물이라 이미 신상이 다 털린 뒤였다. 리모컨을 팽개치고 곧장 텔레비전 앞으로 다가갔다. 드디어 남자 3호 등장.

아이돌 그룹의 리더를 닮았다고 하더니 정말 그랬다. 하지만 남자 3호가 사람들 입에 오르내리는 이유는 외모 때문만은 아니었다. 그는 당당하게 성형 사실을 밝혔고 자신의 부를 자랑했다.

"맞아요. 원장님 도움을 받았어요. 정당하게 돈을 지불한 건데 그게 뭐 잘못됐나요?"

남자 3호는 사랑에 대해서도 과감한 발언을 했다.

"저, 돈 많아요. 사랑할 자격이 충분하다는 거죠. 저는 사랑도 자격을 갖춘 사람이 해야 한다고 생각해요. 선택의 문제라 하지만 솔직히 안티 러브 칩, 그거 한 사람들은 정해져 있잖아요."

칩 이식에 대한 정부의 공식적인 입장은 '전적으로 개인의 선택'이라는 거였다. 개인의 애정사에 국가가 관여할 수 있냐는 문제 제기를 교묘히 피하기 위해 '선택'이란 단어를 썼지만 그 말을 믿는 사람은 없었다. 칩 이식으로 받는 많은 혜택은 정부의 지원 없이는 불가능하기 때문이었다.

지구 온난화로 인한 기후 재앙에서 우리나라 역시 안전하지 못했다. 빠르게 진행된 사막화로 국토는 1950년 전쟁 때보다 더 심하게 훼손됐다. 심각한 저출생 문제에 재난 상황까지 더해져 2042년 현재 대한민국의 인구는 21세기 초반에 비해 절반으로 줄어들었다. 하지만 이용 가능한 물적 자원은 더 많이 줄었고 정부는 극단적인 정책을 실행했다. 출생과 동시에 부과되는 생활 환경 부담금과, 출산을 막기 위해 사랑의 감정마저 통제하는 안티 러브 칩은 그 정책의 일환이었다. 남자 3호의 말처럼 돈이 있어야 사랑도 하고 아기도 낳을 수 있는 시대였다.

브런치 카페에서도 남자 3호는 자신의 부유함

을 강조했다. 매달 내는 생활 환경 부담금이 월급의 오 퍼센트밖에 안 된다나. 별말 아닌데도 두 남녀는 하하 호호 웃음이 끊이지 않았다. 다들 먹고 살기 힘들다고 하는데 저 사람들은 뭐가 저리 좋을까. 그래, 니들끼리 잘 먹고 잘 살아라. 신경질이 나서 텔레비전을 꺼 버렸다.

*

정적만 남은 거실에 오도카니 있으려니 외로웠다. 문단속 잘하고 자라는 엄마의 문자를 보다가 갑자기 할 일이 떠올랐다. 아무도 없건만 발소리를 죽이고 안방으로 들어갔다. 나는 종종 엄마가 없는 밤이면 엄마 방에서 시간을 보냈다. 물건이 쓰러지지 않게 조심하며 화장대 서랍을 열어 보거나 순서가 뒤섞이지 않게 종이 서류를 뒤적였다. 마음 한 구석이 못내 찝찝할 때면 혼잣말을 중얼거리기도 했다. 이건 염탐이 아니라 여행이라고, 나를 찾아 가는 여행이라고……. 나는 나의 부모에 대해 정말 알고 싶었다.

"아빠와 헤어지고 나서야 널 가진 걸 알았어."

엄마가 아빠에 대해 공식적으로 한 말은 이뿐이 었다. 결론은 미혼모라는 소리였지만 짧게 브리핑 하듯 말하는 엄마는 쿨하고 멋졌다. 그런 줄 알았 다. 엄마의 혈중 알코올 농도 수치가 제법 높았던 어느 밤이 오기 전까지는.

"나쁜 새끼. 애 가졌다고 하니까 그냥 쌩까 버 렸어."

"별 어쩌고저쩌고할 때 별 볼 일 없는 놈이라는 걸 알아봤어야 하는데……."

나는 엄마의 술주정을 통해 진실을 알게 됐다. 엄마와 아빠는 젊은 나이에 만나 짧은 기간 불같이 사랑했고, 그 결과 내가 생겼고, 엄마의 임신을 알자마자 아빠가 떠나 버렸단다. 나는 사랑의 결실이 아니라 배신의 결과물이었다. 비참하지만 내 출생의 비밀은 삼류 드라마보다 더 통속적이고 후진 스토리였다.

　나와 엄마를 버린 아빠는 무책임하고 부도덕한 사람이었다. 본 적도 없지만 애초에 만나고 싶지 않은 존재였다. 그런데도 가끔씩은 아빠라는 존재가 궁금했다. 무서운 장면마다 눈을 가리면서도 또 찾아보게 되는 공포 영화처럼.

　엄마 방을 몰래 들어가기 시작한 건 아빠의 흔적을 찾기 위해서였다. 도대체 어떤 사람이었는지, 왜 우리를 버렸는지 알고 싶었다. 그런데 옷장과

서랍을 몇 번이나 뒤져도 아무것도 발견하지 못했다. 얼마나 정나미가 떨어졌으면 사진 한 장 안 남겼을까. 그럴 때면 나는 물끄러미 거울을 바라봤다. 뾰족한 하관, 쌍꺼풀 없는 눈, 얇은 입술……. 엄마와 안 닮은 내 얼굴 어딘가에 아빠의 흔적이 남아 있을까 해서였다.

아빠에 대한 실낱같은 단서를 찾은 건 엄마가 예전에 사용하던 이메일 계정에서였다. 얼마 전 엄마에게 자주 이용하는 이메일 말고 하나의 계정이 더 있다는 걸 우연히 알게 됐다. 비밀번호는 짐작대로 내 생일이었다. 거미줄이 늘어진 빈집처럼 방치된 그곳엔 스팸 메일만 잔뜩 쌓여 있었다. 휴면 계정이 되지 않았다는 건 그 나름대로 관리도 한다는 뜻인데 엄마는 왜 쓰지도 않는 계정을 없애지 않았을까? 보낸 메일함으로 가서야 그 이유를

알 수 있었다.

가장 마지막에 보낸 메일 날짜가 2029년 11월이었다. 엄마는 'arecibo1974'라는 주소로 꽤 여러 번 메일을 보냈고, 보낸 메일 모두 수신 확인이 안 된 상태였다. 메일을 읽지도 않았는데 아빠한테 보낸 것이라는 느낌이 왔다.

엄마의 사생활을 몰래 봐도 되나 잠깐 망설였지만 나는 괜찮을 것 같았다. 두 사람의 사랑과 배신에 깊이 관계되어 있는 나에게는 알 권리가 있으니까.

지금 창밖으로 모래 폭풍이 불고 있어요. 한국에 있다면, 아니 지구 어딘가에 있어도 알 테지만 상황이 심각하네요. 유엔에서 비상사태를 선포할 거라는 소문도 돌고 있어요. 아무튼 식량난과 전염병 속에서도 우리는 살았어요. 감사하게도 아이는 잘 크고 있고 또랑또랑 말도 해요. 여전히 원망하는 마음이 크지만 생사 정도는 알아야 할 것 같아 글 남겨요. 이번에도 안 열어 보면 다시는 안 보낼 거예요. 안녕,이란 인사도 우리 사이엔 사치 같아서 생략할게요. 그럼……,

결국 아빠는 메일을 열지 않았고 그 뒤로 엄마는 메일을 보내지 않았다. 이토록 긴 시간 메일을 안 봤다는 건 의지의 표현이었다. 어떤 걸로도 엮이기 싫다는 마음이 느껴지는. 도대체 뭐가 그렇게 싫었을까. 엄마가? 아니면 내 존재가?

같은 주소로 보낸 메일들을 앞에서부터 읽었다. 제일 처음 보낸 메일은 헤어진 직후에 보냈는지 말이 격했다. 전화도 문자도 안 받아서 할 수 없이 메일을 보낸다고 적혀 있었다.

이 나쁜 자식아, 이러려고 감췄니? 나는 네 집도, 직장도 모르고 있었더라. 모르고 있단 사실도 모른 채 어쩜 그렇게 너를 좋아했을까. 너에 대한 원망보다 그때의 내 무지함에 더 화가 나. 너한테 책임지라 말 안 해. 그래도 이렇게 끝내는 건 예의가 아니야……,

엄마가 아빠에 대해 아는 정보라고는 다섯 손가락에 꼽을 만한 정도였다. 나이 차 많이 나는 누나와 함께 살고 있으며, 과학을 공부했지만 예술 쪽에 관심이 많고, 사랑하는 사람과 밤하늘의 별을 보면서 늙어 가고 싶다는 것 정도. 이것도 전부 말뿐이었던지라 엄마가 확실하게 아는 건 전화번호와 이메일 주소가 전부였다. 의도적이라고 생각할 수밖에 없는 이상한 상황. 아빠는 그냥 사기꾼이었다.

더 이상 아빠에 대해 찾을 수 있는 것도 없지만 습관적으로 엄마의 이메일 계정에 들어갔다. 이 계정을 휴대폰에 연동시켜 놓지 않았는지 엄마는 내가 뒤져도 전혀 모르는 눈치였다. '받은 메일함'을 열었는데 스팸 메일 사이로 눈에 띄는 편지가 하나 와 있었다. '주명아 씨 생일을 축하드려요.'라는 제목의. 주명아는 엄마의 이름이었다. 아무도 찾지 않은 엄마의 고요한 방에 똑똑 노크를 한 사람은 누구일까?

＊

　붓에 꽃가루를 묻히고 있을 때 반가운 손님이 찾아왔다. 열린 온실 창문 틈으로 들어온 흰나비였다. 멸종 위기에 처한 나비와 벌을 살리느라 막대한 돈을 썼다고 들었지만 재난 이전처럼 흔하게 볼 수 있는 건 아니었다.

　내가 다니는 '토지 생명 학교'는 재난 상황 이후에 설립된 직업 학교였다. 오염된 토양에서도 자라는 식물 종자의 개발과 보전, 대체 식용 작물 실험, 농업 서비스 등을 배우는 곳으로 내 전공 분야는 원예였다. 꽃을 기르고 돌보는 향기로운 일이라 생각해서 지원했지만 현실은 퇴비를 나르거나 물을 주는 단조로운 일이 대부분이었다. 특히 봄이면 줄어든 벌을 대신해 꽃과 과수의 인공 수정을 하느라

정신없이 바빴다. 많은 산업 현장에서 로봇이 쓰이고 있음에도 여전히 꽃 수정은 인간의 일이었다. 처음 붓과 핀셋을 이용해 꽃가루를 채집할 때는 이렇게 정교한 작업은 인간만이 할 수 있구나 하는 자부심을 느꼈는데, 그건 완벽한 착각이었다. 알고 보니 로봇을 쓸 만큼의 수익성이 나지 않아서란다. 휴, 한숨이 나왔다.

"오도, 또 쓸데없는 생각한다. 너만큼 섬세한 붓질을 하는 사람은 세상에 없다니까."

준서였다. 나는 벌보다도 못하구나, 하고 자책 중인 걸 어찌 알고 저런 말을 할까.

"오늘은 7도쯤 되려나. 평소보다 고개가 더 기울었더라고. 온실에서 그러고 있으면 네가 하는 생각이야 뻔하지."

내 머릿속까지 훤히 꿰고 있는 준서. 준서는 과

수 작목 수업에서 수확한 플럼코트를 내밀었다.

"이번엔 자두 맛을 더 많이 넣었어. 지난번 것보다 훨씬 달 거야."

당도를 강화한 건 신맛을 싫어하는 나 때문이려나. 과일 플러팅이라고 놀려 대는 친구들의 눈을 피해 온실 밖으로 나왔다. 봄볕에 데워진 벤치는 적당히 따뜻했고 입안의 플럼코트는 다디달았다. 가방 속 고민거리만 없었다면 평화 그 자체였다.

아침부터 교실에 안티 러브 칩 동의 서류가 돌았다. 몇몇 아이들이 사인을 했고 그 때문에 교실이 술렁였다. 나도 일단 서류를 받아 오긴 했다. 식탁 위에 쌓인 세금 고지서와 로봇 간호사 도입으로 연봉 인상 폭이 줄었다며 인상 쓰는 엄마를 보면 칩 이식만이 정답이었다. 그런데도 나는 뭐 때문에 망설이는 걸까.

붉은 노을을 등지고 앉은 준서의 옆모습이 보였다. 설마 준서 때문에? 준서는 장난스럽지만 다정하고 듬직한 구석도 많은 아이였다. 어렵고 힘든 순간마다 준서의 얼굴이 떠오르는 것도 사실이었다. 하지만 사랑으로 인해 내 인생이 송두리째 흔들리는 걸 감당할 자신도 없었다. 나는 사랑이 얼마나 사람을 아프게 하는지 지켜본 목격자였다. 사랑이 도대체 뭔지 어렵고 헷갈렸다. 그래서 준서에게 묻고 싶었다.

"너는 사랑을 믿니?"

준서는 당연하다는 듯 고개를 끄덕였다. 그 해 맑은 표정을 보니 나도 준서를 믿고 싶어졌다.

*

"우와, 마흔 살 생일이라고 이렇게 화려하게 축하해 주는 거야?"

파란색 크림을 덮은 케이크를 보면서 엄마가 환하게 웃었다.

"쥐꼬리만큼 주는 용돈에서 언제 돈을 모았을까?"

"쥐 발톱만큼씩 모았으니까 걱정 마셔."

뭘 이렇게까지 했냐고 말은 해도 엄마는 기쁜 표정을 숨기지 못했다. 엄마에게 말하지 못했지만 이 케이크는 내가 산 게 아니었다.

　그날 '주명아 씨 생일을 축하드려요.'라는 제목
의 메일은 수제 케이크 전문점에서 보낸 거였다.
아주 예전에 케이크 예약을 받는데 전화가 연결
되지 않는다며 혹시 주소가 바뀌었는지 물었다. 메
일에 적힌 주소는 난생처음 보는 곳이었다. 얼마나
오래전 예약이었으면 이럴까 싶어 케이크 업체로
전화를 걸었지만 없는 번호라는 대답이 돌아왔다.

할 수 없이 메일로 현재 우리 집 주소를 보내면서 누가 주문했는지를 물었지만 답장은 오지 않았다.

생일 축하 노래를 부르고 촛불을 끄면서도 나는 지금이라도 서랍에 숨겨 둔 카드를 엄마에게 건네야 하나 망설였다.

마흔 살이 더 아름다운 당신에게.
지금쯤 같이 노을을 보고 있을까요?

엄마와 같이 노을을 보고 싶어 했던 사람은 누구일까? 잠깐, 노을이라고? 불타는 빨간 노을 배경의 엄마 사진을 본 적이 있었다. 어디더라…… 맞아, 오래전 어느 외딴섬으로 의료 봉사를 다녔을 때라고 했다. 사진 속 앳된 엄마 옆에 서 있는 사람은 의사였다. 두 사람은 몇 달간 진지하게 만났지만 의사가 다른 병원으로
옮기면서 관계도 흐지부지
되고 말았다고 들었다. 혹시
이 케이크는 그 의사가 보낸
걸까?

　엄마를 속이는 게 마음에 걸렸지만 아무것도 밝
혀지지 않은 상황에서 섣불리 얘기해 엄마에게 혼
란을 주고 싶지 않았다. 나는 이 모든 비밀을 부드
러운 케이크와 함께 꿀꺽 삼켰다.

　"마흔 살이 엄청 무서웠는데 막상 닥치니 별거
아니네."

　케이크와 같이 받은 와인에 취한 엄마는 혀까지
쏙 내밀었다. 아빠와 불같은 사랑을 했을 때도 이
렇게 귀여운 표정이었으려나. 무장 해제된 엄마를
보면서 오래도록 망설인 얘기를 꺼냈다.

"지혜는 안티 러브 칩 이식 서명했대. 나는 어떡할까?"

임신 얘기에 도망가 버린 아빠와 나라는 존재 때문에 몇 명의 남자들이 지레 엄마와의 결혼을 포기했다. 엄마는 사랑에 냉소적이었다. 영원한 사랑이 어디 있냐면서, 절절한 사랑 따위 믿지 않는다고 했다. 나는 엄마의 대답이 정해져 있을까 봐, 그 대답에 상처받을까 봐 쉽게 말을 꺼낼 수 없었다.

"엄마가 말하면 들을 거야? 넌 어떻게 하고 싶은데?"

이렇게 책임을 미룬다고? 엄마에게 눈을 흘기는데 와인 잔을 내려놓은 엄마가 말했다.

"그래도 한마디 하자면 나는 반대. 의료인으로서, 무엇보다 엄마로서."

엄마는 칩 이식 후유증으로 고생하는 환자들을

직접 만나는 사람이었다. 그걸 알면서 찬성할 수는 없다고 했다.

"엄마의 사랑은 실패로 끝났어. 객관적으로 그랬고 나도 그렇게 생각했으니까. 그런데 시간이 갈수록 실패가 아니라는 생각이 들었어. 왜냐하면 나는 최선을 다해 사랑했으니까. 아무것도 따지지 않았고 어떤 것도 무섭지 않았어. 그 사람이 떠나고도 나는 도망치지 않았고 결국 너를 지켰어. 나는 그때의 내가 너무 사랑스럽고 자랑스러워. 그때 그마음을 생각하면 지금도 용기가 샘솟아. 그래서 엄마는 너에게 다가올 사랑을 미리 포기하라고 말할수 없어."

엄마는 말을 끝내자마자 취기가 올라온다며 자리를 떴다. 취기는 핑계고 쑥스러웠을 테다. 낯간지러운 건 진짜 못 견뎌 하니까. 저런 사람이 어떻게 뜨거운 사랑을 했을까. 접시에 남은 케이크를 마저 먹으며 잠시 사랑에 빠진 젊은 엄마의 모습을 그려 봤다.

"아 참, 파란색 크림케이크는 무슨 뜻이니? 별 장식은 또 뭐고?"

다시 방문이 열리더니 엄마가 물었다. 내가 주문한 것도 아닌데 그 뜻을 알 리 없었다.

"엄마가 내 인생의 블루칩이잖아. 반짝반짝 빛나는 별이기도 하고."

내 대답에 엄마가 진짜? 하며 되물었다. 급하게 둘러댔지만 아주 거짓말은 아니었다. 와인 때문에 발그레해진 엄마에게 이번엔 진실만을 말했다. 엄마, 생일 축하해.

＊

준서가 다시 온실로 찾아온 건 엄마의 생일 이틀 후였다. 플럼코트를 받은 날 나는 준서에게 파란색 크림케이크의 비밀을 얘기했고 도움을 청했다.

"오도, 메일 주소 하나만 가지고 사람을 찾으라니 네가 생각해도 너무했지?"

툴툴거리는 말투와는 달리 준서의 콧잔등에 주름이 졌다. 준서는 기분이 좋을 때 코를 찡긋거렸다. 준서가 나에 대해 아는 만큼 나도 준서를 잘 안다. 콧잔등의 주름은 성공을 의미했고 결과는 짐작대로였다.

준서는 메일 주소의 영어 'sodam'을 단서로 인터넷을 뒤졌다. 'sodam'과 '소담'을 번갈아 검색하며 빵집 관련 글을 뒤졌고 결국 '소담 수제 케이크 전문점'을 찾아냈단다.

거기가 어디냐고, 당장 가자고 일어서는 나를 준서가 말렸다.

"오도, 흥분 금지! 하나씩 말해 줄게. 우선 그 업체는 십 년도 더 전에 폐업했어. 그래서 없는 번호였던 거야."

폐업? 그런데 어떻게 케이크를 보냈을까? 준서

는 내 눈빛만 보고도 질문을 읽었다.

"폐업한 업체에서 케이크를 보낸 이유는 잘 모르겠어. 그건 네가 알아봐야지."

준서는 그제야 손에 들고 있던 종이를 내밀었다. 인터넷을 뒤지다가 어느 카페 댓글에서 소담 케이크 사장님 개인 핸드폰 번호를 발견했고 주명아 씨 케이크 관련해서 전화드리고 싶다고 문자를 남겨서 결국 허락도 받았다면서.

야호, 두 손을 번쩍 들고 환호성을 지르다가 발이 꼬이는 바람에 준서에게 덥석 안긴 꼴이 되었다. 팡팡 폭죽이 터지는 것처럼 가슴이 걷잡을 수 없이 뛰었다. 두근두근 뛰는 내 심장 소리가 준서에게 들릴까 싶어 정신마저 아득해졌다. 급히 준서를 밀어냈지만 얼굴은 소독약을 칠한 것처럼 붉어진 뒤였다.

나만큼이나 상기된 얼굴의 준서를 내보낸 후 소담 케이크 사장님에게 전화를 걸었다.

"주명아 씨 예약은 가게 초창기에 받았던 거 같아요. 잠이 부족할 정도로 주문이 많아서 폐업 같은 건 생각도 못 할 때였어요. 왜 그렇게 먼 미래의 예약을 받았는지는 기억이 안 나요. 너무 긴 시간이 지나 예약 관련 기록도 남아 있지 않고요. 생일과 받는 사람의 이름, 메일 주소, 전화번호를 적은 메모지를 우연히 발견했기에 보낼 수 있었어요. 카드에 적힌 문구도 예약자가 보낸 그대로예요. 꼭 파란색 크림으로 만들어 달란 메시지도 있었고요."

십 년도 넘은 과거의 예약 주문 약속을 지키는 게 쉽지는 않은 일이다. 거기다 가게 폐업까지 한 상황에서라면 더더욱. 새삼 고마운 마음이 들어 사장님께 맛있게 잘 먹었다고 감사 인사를 드렸더니

하하 웃으며 의외의 말도 해
주셨다.

"메모지에 '물가 상승을
고려한 충분한 금액 완납'이라고 적혀 있었거든요.
도와주지 못해서 미안해요."

당장 내일 일도 모르는데 누가 케이크 하나에 이
처럼 긴 계획을 세웠을까? 무거운 마음으로 학교를
나서는데 유난히 붉은 노을이 발길을 잡았다. 케이
크를 보낸 사람도 지금쯤 노을을 보고 있을까?

*

따스한 봄볕이 꽃망울을 틔우고 훈훈한 미풍이
나비를 날게 하듯 모든 일은 순리대로 이루어지는
법이다. 케이크로 시작된 사건 또한 나도 모르는

새 실타래가 풀리듯 끝을 향해 가고 있었다.

다시 연락할 일이 없을 줄 알았던 케이크 가게 사장님이 문자를 남겼다.

장기 예약을 받아 준 이유가 생각났어요. 고향 후배의 특별 부탁이었거든요. 후배의 친구가 근사하고 특별한 케이크 제작을 원해서 저를 적극 추천했다면서요. 그게 주명아 씨의 서른 살, 마흔 살 두 번의 케이크 예약이었어요. 본의 아니게 한 번은 약속을 어겼네요. 미안해요. 그 대신 후배 전화번호 남길 테니 연락해 봐요. 아 참, 파일을 정리하다 케이크 주문 때 받았던 그림을 발견해서 메일로 보냈어요. 진작 그림을 봤으면 더 비슷하게 만들었을 텐데 그 점이 아쉽네요. 그럼, 행운을 빌어요.

우편함에는 각종 고지서가 수북했다. 돈 앞에서 사랑 따위가 무슨 힘이 있겠냐는 지혜의 말이 떠올랐다. 탐정이라도 된 듯 들떴던 마음이 한풀 가라앉은 탓에 번호를 보면서도 쉽게 전화를 걸 수 없었다. 어찌할까 망설이는 동안 날은 점점 어두워져 갔다. 조금씩 사라지는 붉은 노을빛이 아쉽고 애틋했다. 문득 노을을 보면 소독약 같다는 엄마의 말이 생각났다. 사위어 가는 노을을 보며 엄마는 어떤 상처를 위로받고 싶었을까…….

나는 내 존재로 인해 엄마의 인생이 얼마나 많이 뒤틀리고 꺾였는지를 잘 알고 있었다. 호기심에서 시작한 탐정놀이가 엄마의 삶에 짓궂은 장난을 걸게 만들까 봐 더럭 겁이 났다. 애써 준 사장님께는 죄송했지만 그 후배라는 분에게 전화를 걸지 않겠다고 마음먹었다. 케이크 그림이 첨부된 메일을

열기 전까지는 말이다.

*

　사장님이 보낸 메일은 이미 열린 뒤였다. 폐허 같은 이 공간을 드나드는 건 나밖에 없을 거라 여겼기에 깜짝 놀랐다. 하지만 계정의 주인은 엄연히 엄마니 아마 메일도 엄마가 열었을 테다. 그런데도 퇴근한 엄마는 아무런 내색을 하지 않았다. 사장님과 주고받은 메일을 지우지 않았으니 분명 엄마는 파란색 케이크를 받게 된 전후 사정에 대해서 알고 있을 것이다. 한 소리 듣겠구나 싶어 밥을 먹으면서 엄마 눈치를 봤지만 여전히 말이 없었다. 사장님과 왜 연락을 주고받았냐고, 마지막 메일에 적힌 전화번호는 또 뭐냐고 따질 법도 하건만 그랬다.

엄마의 수상한 태도 때문에 결국 사장님이 알려
준 번호로 후배에게 전화를 걸었다.

"주명아 씨요? 아, 그 딸이라고요. 그런데 이름
이 뭐라고요?"

내 정체를 밝혔을 때 한참 동안 말이 없었다. 전
화가 끊어진 건가 확인할 정도로.

"미안해요. 예약자가 내 친구인 건 맞지만 케이
크를 받는 분에 대해선 잘 몰랐어요. 그런데 이제
와 새삼스레 예약자 정보가 왜 궁금한가요?"

틀린 말은 아니었지만 당황스러웠다. 엄마의 옛
사랑이 맞는지 궁금해서,라고 대답하려니 엄마가

초라해 보일 것 같고 자존심도 상했다. 적당한 대답을 궁리하고 있을 때 저쪽에서 허허 웃음소리가 들렸다.

"어쩐지 그 이유를 알 것 같네요. 예약자가 궁금하다면 여기 한번 가 볼래요?"

*

"그러니까 사장님의 후배가 가 보라고 했는데 그날 마침 엄마도 표를 갖다줬다는 거잖아. 무슨 그런 우연이 다 있냐?"

준서는 전시장 입구에서부터 호들갑을 떨었다. 사장님의 후배는 예약자를 알고 싶다면 신비 작가 전시회에 가라고 했다. 거기 가 보면 알 거라면서.

"혹시 신비 작가가 엄마의 옛사랑? 나이 차를 극

복한 순애보, 뭐 그런 건가?"

"얘가 정말 큰일 날 소리 하네. 아직은 아무것도 모른다니까."

사장님의 후배는 정말 아무런 정보도 주지 않았다. 엄마 역시 전시회 티켓은 우연히 구한 거라고만 말했다. 그리고 무슨 꿍꿍이인지 전시회에 같이 가자고 했다.

"에이, 그날 엄마 쉬는 날인데……. 그래도 남자 친구라면 내가 양보해야겠네."

준서는 남자 친구가 아니라고 발끈하려다 포기했다. 엄마를 포기시키려면 확실한 이유가 필요하기도 했거니와 그동안 엄마 모르게 벌였던 일들이 마음에 걸렸다. 게다가 뭐라도 단서를 찾으려면 준서가 옆에 있는 게 편할 것 같았다. 물론 그 덕에 우와, 멋지다, 귀 떨어질 것 같은 목소리를 참아야

하지만 말이다. 준서가 옆에서 오버하는 동안 나는 작품 어딘가에 있을 단서를 찾아 눈을 부릅떴다.

추천사를 쓴 평론가들의 어려운 말을 빼더라도 신비 작가의 그림은 보는 이들을 매료했다. 사람들 사이에서 여러 번 탄성이 터져 나왔다. 비난 속에서 사라져 버린 천재 작가의 죽음은 그래서 더 애달파 보였다. 그림을 한 점 한 점 지날 때마다 나도 애가 탔다. 어느새 전시의 끝이 보이는데 그림 속에서 아무런 단서도 찾을 수 없었다. 무턱대고 전시회를 가라던 사장님 후배의 말이 생각나 부아가 치밀었다.

"오도, 저기 사진 좀 봐."

마지막 그림 옆으로 한 장의 사진이 걸려 있었다. 신비 작가의 얼굴은 아니었다.

나의 제자, 임하늘. (1999~2025)

하늘은 제자이자 몇 년간 진행해 온 내 비밀스러운 작업의 공동 창작자였어요. 은둔을 좋아하는 나의 취향 때문에 그는 어디에서도 내 파트너임을 말할 수 없었어요. 하지만 그가 아니었다면 좋은 작품을 만들 수 없었다고, 이제라도 밝히고 싶어요. 오랫동안 같이 준비한 작품을 세상에 선보이며 그를 소개하려고 했건만 안타까운 사고로 그 기회를 잃고 말았지요……

　임하늘은 신비 작가의 설치 미술 프로젝트를 준
비하느라 아르메니아 시골 마을로 떠났고, 강도
4.9의 비교적 크지 않은 지진에 목숨을 잃었다. 내
진 설계가 되지 않은 낡은 숙박 시설에 묵었던 탓
이었다. 이국에서의 사망은 꽤 오랜 시간이 지나서
야 본국에 알려졌다. 폐허 더미를 파헤치다 나온
우산 하나 때문에. 그건 신비 작가 전시회에서 팔
던 기념품이었다. 다행히 신비 작가의 해외 팬이었

던 구조대원이 우산을 알아보고 한국의 신비 작가 측에 연락했지만 그땐 이미 임하늘의 시신과 유품이 하나도 남아 있지 않은 상태였다.

그와 연락이 닿지 않았을 때 어리석게도 나는 그가 프로젝트 진행 비용을 가지고 애인과 함께 도망갔다 생각했어요. 그즈음 하늘의 마음엔 그녀밖에 없었으니까요. 아무것도 모르고 원망만 했었지요. 하늘의 죽음을 알게 된 직후 나 역시 대중의 비난으로 견딜 수 없이 힘든 시간을 보냈어요. 모두가 아는 것처럼 나는 숨어 버렸지요. 한참 시간이 흐르고 나서야 생각이 났어요. 하늘의 애인은 그의 죽음을 알까? 혹시 비밀 프로젝트라 애인에게조차 말하지 않고 여행길에 오르진 않았을까? 그 스승에 그 제자답게 하늘 역시 입이 무거웠어요. 나는 그

녀의 이름도 나이도 아무것도 몰랐지요. 사방으로 알아봤지만 모든 통신 기록까지 날아간 상황에서 그녀를 찾을 수는 없었어요. 어디선가 그녀가 행복하길 바랄 뿐이었지요.

글을 읽는데 가슴이 찌릿하면서 어쩐지 뭉클해졌다.

"이 사진, 왠지 얼굴이 익숙하다."

좁은 이마에 뾰족한 하관, 쌍꺼풀 없는 눈, 얇은 입술…… 준서 말대로 나 역시 사진 속 얼굴이 익숙했다. 거울에서 본 것처럼.

하늘은 이름처럼 밤하늘을 좋아했어요. 나는 그가 죽었다고 생각하지 않아요. 하늘이 이 세상을 떠나 우주 어딘가를 여행하고 있다고 믿고 싶어요.

어쩌면 노을을 보고 있을지도 모르겠네요. 사랑하는 사람과 보고 싶어 했던 화성의 푸른 노을을요.

그 순간 찌르르 전기가 통한 것처럼 많은 깨달음이 동시에 터졌다. 오래도록 엄마가 보낸 이메일이 열리지 않았던 것도, 케이크의 크림이 파란색이었던 것도, 사장님의 후배가 내 이름을 듣고 멈칫했던 것까지. 그리고 확실하게 쐐기를 박는 엄마의 문자.

우리 딸, 지금쯤 아빠에 대해 알게 됐을까? 전시장에 걸린 사진은 내가 찍어 준 거였어. 하늘은 그걸 영원히 간직하겠다 말했었고. 그러니까 그 사진은 유일하게 남은 러브 레터인 셈이지. 비록 긴 시간이 걸렸지만 아빠는 러브 레터를 보낸 거야. 우리를 사랑한다고……

감당할 수 없을 만큼 눈물이 터졌다. 남의 시선 따위 신경 쓰지 않고 나는 준서 품에 안겼다. 준서의 넓은 가슴이, 시큼한 땀 냄새가 싫지 않았다.

"오도, 왜 울어? 무슨 일이야?"

준서의 질문에 나는 어떤 대답도 할 수 없었다. 만약 내가 대답을 한다면 그건 아주 긴 사랑 얘기가 될 테니까. 왜냐하면 내 이름은 청하(靑霞), 푸른 노을이니까.

작
가
의
말

정은숙

1974년 푸에르토리코 아레시보 천문대에서 우주를 향해 첫 메시지를 보냈다. 여기 지구에 인간이 살고 있다는 내용의. 구상 성단 M13에 서기 2만 7000년쯤 도착 예정인 메시지가 아직도 우주 속을 날아가고 있다고 생각하면 어쩐지 웅장하고 뭉클해진다. 이 글 또한 사랑의 메시지다. 한 번쯤 고개를 갸웃하며 도대체 사랑이 무엇일까를 고민했으면 하는 바람을 담아 썼다.

소설의
첫 만남 **31**

그래도 사랑을

초판 1쇄 발행 | 2024년 6월 21일

지은이 | 정은숙
그린이 | 장보송
펴낸이 | 염종선
책임편집 | 이상연 구본슬
펴낸곳 | (주)창비
등록 | 1986년 8월 5일 제85호
주소 | 10881 경기도 파주시 회동길 184
전화 | 031-955-3333
팩스 | 영업 031-955-3399 편집 031-955-3400
홈페이지 | www.changbi.com
전자우편 | ya@changbi.com

ⓒ 정은숙 2024
ISBN 978-89-364-3135-8 43810